Cet ouvrage
a été imprimé
sur un papier issu
de forêts gérées
durablement,
de sources contrôlées.

ISBN 978-2-7002-4588-2

Loi n° 49-956 du 16-07-1949 sur les publications destinées à la jeunesse.

L'école
d'Agathe

Pakita | J.-P. Chabot

Coucou, c'est moi
Agathe !

RAGEOT

Vous savez ce que c'est, un **autoportrait ?** C'est un portrait de soi-même fait par soi-même.

Et un autoportrait qui vous fait attraper une punition, vous savez ce que c'est ?

C'est facile !

C'est **mon autoportrait !!!**

Tout a commencé ce matin pendant la leçon de français.

On a appris le mot :

autoportrait

On allait écrire ce nouveau mot dans notre répertoire à nouveaux mots quand la maîtresse qui s'appelle

madame Parmentier (comme le hachis) a dit :

– J'ai une idée...

Les idées de la maîtresse ne sont jamais de très bonnes idées.

Ce sont toujours des idées pour faire des devoirs, des exercices, des contrôles, enfin vous voyez le genre !

La maîtresse a continué :

– Vous allez faire chacun votre autoportrait.

Et elle nous a montré un tableau de Van Gogh.

Van Gogh, c'est un peintre qui s'est coupé une oreille pour faire son autoportrait !

Faire un dessin à la place de copier des mots de vocabulaire ! **Ouaaah !** Trop super ! On a explosé de joie !

– Mais vous, vous allez **écrire** votre portrait, a dit la maîtresse, vous allez vous décrire le plus exactement possible.

C'était trop beau ! On s'est tous regardés, horrifiés.

– Et à la fin de cet exercice amusant, nous mélangerons les autoportraits. Chacun en lira un à haute voix, sans dire qui est l'auteur. À vous de le retrouver ! Ce sera drôle, n'est-ce pas ? Allez, au travail !

Je ne sais pas ce que vous en pensez, mais moi je trouve ça vraiment bizarre comme travail, parler de **moi… moi moi moi…** C'est un peu n'importe quoi !

Je n'allais quand même pas raconter la vraie vérité. Du genre :

Bonjour.

Je suis fille unique mais j'ai plein de copains.

J'ai les yeux bleus.

Mon animal préféré, c'est la mouette.

J'habite dans un grand village à la campagne qui s'appelle un bourg.

J'adore jouer au foot, surtout les matchs filles contre garçons.

J'aime bien l'école surtout pour la récré et le club de théâtre du mardi soir.

J'adore les barrettes et
les robes-salopettes,

les frites,
les olives vertes,

la mer et Bloblotte,
mon hamster.

Mon père n'est pas
souvent là parce que
maman et lui sont en
panne d'amour.

Mon garçon préféré
s'appelle Léonard.
Point final.

Non. C'était vraiment trop nul à raconter. Ma vie était trop normale, tout le monde allait me reconnaître du premier coup et ça, ce n'était vraiment pas drôle...

Alors j'ai décidé d'écrire mon **faux autoportrait !**

J'étais supercontente de moi quand j'ai rendu ma feuille.

Tout le monde a donné la sienne et le jeu de la maîtresse a commencé.

Madame Parmentier a mélangé les autoportraits et elle les a distribués. Il fallait les lire à haute voix.

Dans l'ordre, avant moi, il y a eu celui de :

Mais aucun n'était drôle. Ils avaient tellement écrit la vérité qu'on les reconnaissait tout de suite.

J'avais vraiment hâte que ce soit mon tour.

C.2 *Autonomie – Reproduire une frise*

Géométrie
Fiche n°3

→ Reproduis cette frise et colorie-la proprement !

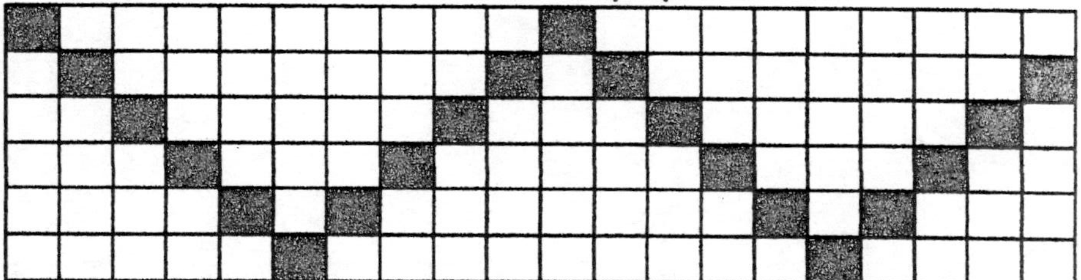

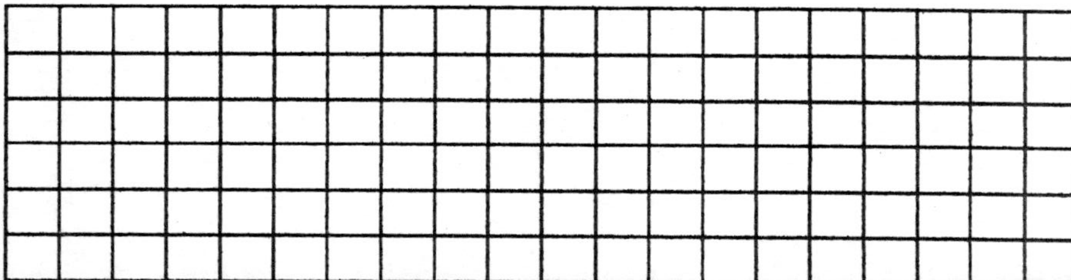

Je rigolais dans mes moustaches. (Je vous rassure, je n'en ai pas ! C'est une expression.)

Hé bien, heureusement que j'ai rigolé avant ! Parce qu'après je n'ai plus rigolé du tout !

C'est Zizette qui a lu mon texte :

Bonjour.

J'ai perdu mes parents quand j'avais 3 ans pendant un pique-nique dans les bois.

Heureusement, un clown qui passait par là m'a adoptée et j'ai habité avec sa famille dans une roulotte rose avec des toilettes à l'intérieur.

Au cirque, j'ai appris à jongler et à faire du trapèze.

Un jour, un monsieur m'a demandé de devenir mannequin à Paris et actrice à la télévision. J'ai dit oui tout de suite.

Il y avait plein de photos de moi dans les magazines.

Maintenant, je préfère aller à l'école incognito.

Point final.

Signé : Mademoiselle Quisuisje ???

Zizette a très bien lu.

Elle s'est bien arrêtée au point final et elle m'a fait un clin d'œil.

Mais tout de suite après, Audrey (qui veut toujours commander) s'est levée :

– Maîtresse, c'est pas du jeu ! On ne peut pas reconnaître qui c'est, c'est une vie qui n'existe pas !

J'ai crié :

– D'abord, qu'est-ce que tu en sais ?

– J'avais demandé de faire un **autoportrait exact !** a dit la maîtresse d'un ton pas gentil du tout.

Alors là, je ne sais pas ce qui m'a pris ! J'étais trop dégoûtée ! J'étais en colère, mais en colère ! Et j'ai hurlé :

– **Je trouve ça nul comme jeu ! On sait tout de suite qui c'est...**

Madame Parmentier m'a coupé la parole :

– Agathe ! Non seulement tu ne fais pas ce que je te demande, mais en plus tu te permets de répondre ! Pour la peine, tu referas ton autoportrait pendant la récréation et tu le recopieras chez toi. Cela t'apprendra à ne pas oublier qui tu es !

J'ai éclaté en sanglots.

La maîtresse est un peu sévère, mais elle n'aime pas quand on pleure à cause d'elle.

Alors elle est venue près de moi. Elle était redevenue gentille.

– Écoute, Agathe, il ne faut pas confondre les histoires que tu as dans la tête et ce que l'on te demande à l'école. Tu es en classe pour apprendre. Quand tu seras plus grande, tu seras peut-être un écrivain qui a beaucoup d'imagination. Bon, tu peux aller en récréation, mais tu feras ta punition ce soir à la maison.

À la récré, mes copains m'ont dit qu'ils avaient trouvé mon autoportrait super bien, mais qu'ils n'avaient pas osé me le dire devant la maîtresse.

C'est décidé !

Plus tard je serai écrivain ! Mais pas écrivain d'autoportrait ! Ah ça non ! Jamais !

Oh là là ! Il est tard ! Je viens seulement de finir de recopier mon autoportrait (le vrai) !

Allez, bonne nuit !!!

L'auteur

Pakita aime tous les enfants ! Les petits, les gros, les grands, avec des yeux bleus, verts ou jaunes, avec la peau noire, rouge, orange, qui marchent ou qui roulent, et même ceux qui bêtisent !
Pour eux, elle se transforme en fée rousse à lunettes, elle joue, elle chante, elle écrit des histoires et des chansons pour les CD, les livres ou pour le dessin animé.

L'illustrateur

Jean-Philippe Chabot est né à Chartres en 1966. Avant d'entrer à l'école il dessinait déjà. À l'école, il dessinait encore. Puis il a choisi de faire des études de... dessin. Et maintenant, son travail c'est illustrer des albums et des romans.
Il est très heureux de dessiner tous les jours et parfois même la nuit mais toujours en musique.

L'école d'Agathe

32 pages - 5,20 €

n° 1

n° 2

n° 3

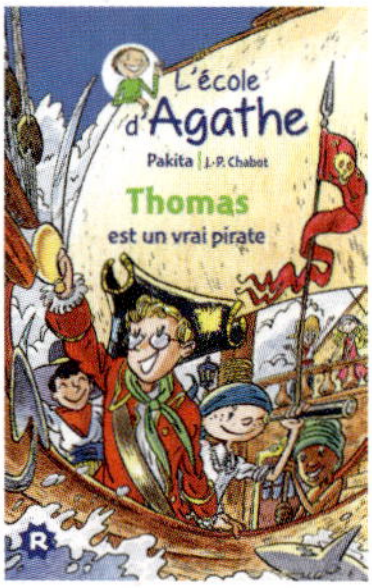

n° 4

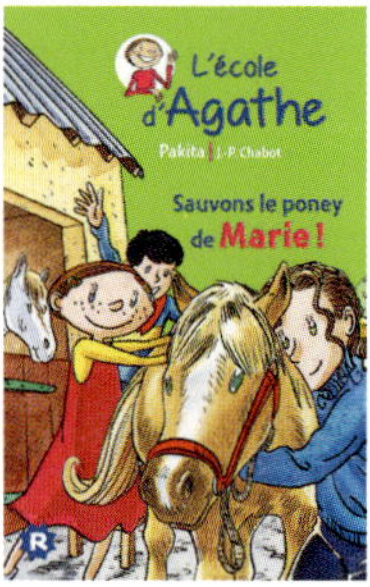

n° 5

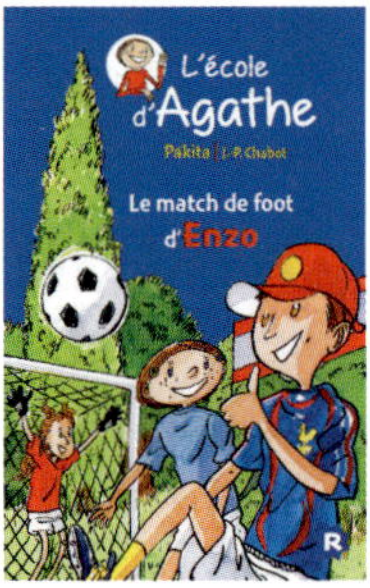

n° 6

n° 7

n° 8

n° 9

n° 10

n° 13

n° 14

64 pages - 7,10 €

n° 11

n° 12

L'école d'Agathe

Toute la série
L'école d'Agathe
sur www.rageot.fr

PAPIER À BASE DE FIBRES CERTIFIÉES

RAGEOT s'engage pour l'environnement en réduisant l'empreinte carbone de ses livres. Celle de cet exemplaire est de :
200 g éq. CO_2
Rendez-vous sur www.rageot-durable.fr

Achevé d'imprimer en France en avril 2015
par Loire Offset Titoulet
Dépôt légal : janvier 2014
N° d'édition : 6386 - 03